petit roman

Du même auteur, dans la même série :

FILLE DE PIRATE
UNE PIRATE DANS L'ÎLE

Christophe Miraucourt
Illustrations de Delphine Vaufrey

LE TRÉSOR
DE LA PIRATE

RAGEOT

Pour mes deux trésors, Hugo et Maïté.

ISBN : 978-2-7002-3732-0
ISSN : 1965-8370

© RAGEOT-ÉDITEUR – PARIS, 2010.
Tous droits de reproduction, de traduction et d'adaptation
réservés pour tous pays.
Loi n° 49-956 du 16-07-1949 sur les publications
destinées à la jeunesse.

L'ours du cap'tain Croquemoutard

Comme à chaque fois que le féroce pirate Barberousse part en mer à la recherche de trésors, il a confié Rico et Mélina à la mère Lécume. Elle tient la taverne des Naufrageurs, non loin de la crique aux Tibias.

Depuis un bon moment, Rico et Mélina se poursuivent à travers la taverne en se disputant un ours en peluche. Rico évite de justesse un pirate qui manque de renverser son verre de rhum. Il porte un anneau d'or à l'oreille et a l'air méchant.

– Nom d'une épave de galion ! rugit-il. Fais attention, moussaillon !

Rico s'empresse de filer, toujours poursuivi par Mélina.

– Vous verrez quand votre père reviendra, grommelle la mère Lécume d'un ton menaçant en préparant sa spécialité, le ragoût de calamar aux algues.

Mais Rico et Mélina ne l'écoutent pas.

– Un poulpe est plus intelligent que toi ! lance Mélina à son frère en tirant sur une patte de l'ours.

– Et toi, tu es aussi rapide qu'une tortue ! réplique Rico en tirant sur l'autre.

– Désastre à bâbord ! prévient Grobec, leur perroquet.

Mélina et Rico ne tiennent pas compte de l'avertissement. Ils tirent de toutes leurs forces. Et CRAC ! L'ours se déchire et les deux enfants se retrouvent les fesses par terre.

– Oh oh ! Grosse bêtise ! articule Grobec en voletant dans la pièce.

Mélina et Rico ont déchiré l'ours du cap'tain Croquemoutard ! C'était le pirate le plus cruel des Caraïbes et, même s'il a disparu en mer lors de l'attaque d'un galion voilà dix ans, son nom fait trembler ceux qui l'entendent.

– C'est ta faute ! s'écrie Mélina.

– Si tu n'avais pas tiré aussi fort, l'ours ne se serait pas déchiré ! se défend Rico.

Brusquement, Grobec plonge vers le sol et attrape dans son bec un objet qui brille au bout d'une chaîne.

– Qu'est-ce que c'est ? questionne Rico.

– C'était caché dans l'ours ! s'exclame Mélina.

Elle examine le bijou, sans se rendre compte que le pirate à l'anneau d'or l'observe, accoudé au comptoir.

– Tu crois qu'il appartient à Croquemoutard ? demande Rico.

– Sûrement, répond Mélina d'un air pensif. C'est bizarre, il ressemble à un os, ajoute-t-elle en passant le pendentif autour de son cou.

Mélina et Rico ne remarquent pas que le pirate à l'anneau d'or sort de la taverne en se frottant les mains.

Enlevés par des pirates!

La nuit est presque tombée. Après le départ des derniers clients, la mère Lécume a recousu l'ours. Du coup, Mélina s'est réconciliée avec son frère.

Soudain, la porte de la taverne s'ouvre avec fracas.

Une bande de pirates se précipite sur eux en hurlant. Mélina et Rico sont capturés et la mère Lécume est enfermée à double tour dans la cave.

– Sauve qui peut ! piaille Grobec en s'échappant par la fenêtre.

– Lâchez-moi ! crie Rico en se débattant.

Mélina reconnaît l'anneau d'or à l'oreille du chef des pirates.

– Vous étiez à la taverne, cet après-midi, dit-elle.

– Nom d'une épave de galion ! clame celui-ci. Tu as parfaitement raison !

Il s'approche de Mélina, l'air menaçant. Elle sent son cœur qui bat aussi fort qu'un tambour, mais elle s'écrie :

– Je suis Mélina la Terrible, fille de Barberousse, petite-fille de Barbenoire et arrière-petite-fille de Barberouge ! Libérez-nous, sinon mon père vous le fera payer très cher !

– Et moi je suis Laflibuste, capitaine du *Requin* ! Et ce pendentif m'appartient, s'exclame le pirate en l'arrachant du cou de Mélina.

– Rendez-le-moi ! Il est à moi !

– Tu le récupéreras quand les crabes auront des dents, se moque Laflibuste. Maintenant, grâce à lui, je sais sur quelle île Croquemoutard a caché son trésor !

Mélina ne comprend pas comment il peut le savoir, mais ce n'est pas le moment d'interrompre le pirate. Ce dernier attrape l'ours et ajoute :

– Je prends ça aussi !

Laflibuste fouille l'ours puis il s'écrie, furieux :

– Il y avait forcément une carte avec le pendentif. Où est-elle ?

Mélina a envie de répondre qu'elle n'en sait rien, seulement le regard féroce de Laflibuste l'en empêche. S'il se rend compte qu'elle et son frère ne lui sont pas utiles, il est capable de se débarrasser d'eux !

– Il y avait bien une carte à l'intérieur de l'ours, ment Mélina. Mais je l'ai brûlée !

Le pirate pousse un cri de rage. Mélina ajoute aussitôt :

– Avant, j'en ai appris la moitié par cœur.

Elle jette un regard à Rico. Pourvu qu'il comprenne ! Son frère lui fait un petit signe.

– Et moi, j'ai appris l'autre moitié ! se vante-t-il.

– Alors vous me conduirez jusqu'au trésor. Et si vous m'avez menti, menace Laflibuste, vous finirez dans l'estomac d'un requin !

Il ordonne ensuite à l'un de ses hommes :

– Crocodile ! Occupe-toi des prisonniers !

Un pirate s'approche d'eux. Autour du cou, il porte un collier de dents de crocodiles, acérées comme des couteaux. Voilà d'où lui vient son surnom ! En un tour de main, Mélina et Rico sont ficelés et bâillonnés.

Les pirates les emmènent sur le *Requin*. Mélina aperçoit la mère Lécume, qui s'est enfin libérée. Trop tard : le bateau a déjà pris la mer.

Une fois au large, Crocodile détache les liens des prisonniers et les enferme à double tour dans la cale.

– Laflibuste n'a pas l'air de plaisanter, dit Rico.

– Quand nous serons sur l'île, fait Mélina, nous lui fausserons compagnie.

– J'étais sûr que tu avais un plan ! s'enthousiasme Rico.

Comme il n'y a rien à faire, Mélina et Rico s'allongent sur une paillasse.

– Ça sent le poisson pourri, se plaint Rico.

Mélina a envie de lui répondre que ça ne doit pas le changer de l'odeur de sa chambre, mais la situation est trop grave pour qu'ils se chamaillent. Bercés par le roulis, ils s'endorment.

En route vers l'île aux Squelettes

Le lendemain matin, Mélina et Rico ont la permission de se promener sur le pont du *Requin*.

Grobec, qui les a suivis, les accueille d'un « Gare aux pirates ! » tonitruant.

– Je suis contente que tu sois là ! lance Mélina.

De temps en temps, ils croisent un navire qui s'éloigne dès que l'équipage reconnaît le drapeau à tête de requin.

Et puis, au soir du troisième jour, Laflibuste, qui scrute l'horizon, s'écrie :

– Terre en vue !

Mélina et Rico se penchent par-dessus le bastingage. Au loin, les contours d'une île allongée et montagneuse se dessinent.

– Incroyable ! s'écrie Rico. Elle a la même forme que le pendentif !

– Voilà comment Laflibuste savait où aller, murmure Mélina. Il connaissait cette île.

Elle lance à Crocodile :

– Comment s'appelle-t-elle ?

– C'est l'île aux Squelettes, répond-il en frissonnant.

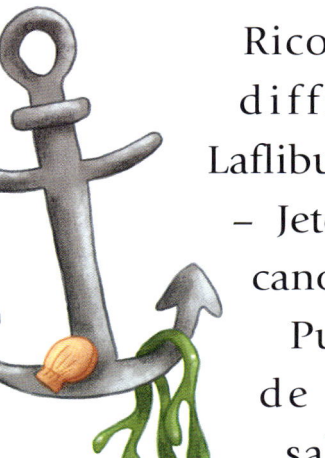

Rico avale sa salive avec difficulté, mais déjà Laflibuste ordonne :

– Jetez l'ancre et mettez un canot à la mer !

Puis il désigne le canot de la pointe de son sabre et ordonne à ses prisonniers :

– Après vous, les marmots !

D'un coup d'aile, Grobec les survole et rejoint l'île. Ils débarquent sur la plage, près d'une carcasse de navire.

Comme la nuit s'annonce, Laflibuste installe le campement sur la plage et Crocodile allume un grand feu. Pour célébrer leur futur succès, les pirates font couler le rhum à flots.

— Voilà qui arrange bien nos affaires, souffle Mélina à Rico. Reposons-nous pendant qu'ils font la fête.

Quand Mélina se réveille, quelques heures plus tard, le soleil n'est pas levé et les pirates ronflent à poings fermés.

— Profitons-en, chuchote Mélina.

Elle sort un foulard de sa poche, le noue sur ses cheveux et récupère leurs sabres. Rico, lui, s'approche de Laflibuste.

Adossé contre un arbre, le pirate dort comme un petit bébé, en serrant son chapeau contre lui.

Rico l'a vu y déposer les objets qu'il leur a volés. Il s'approche sans bruit et défait doucement les mains de Laflibuste. Le pirate grogne dans son sommeil pourtant il ne se réveille pas.

Rico attrape l'ours, le pendentif, et met le chapeau sur sa tête. Il est un peu grand pour lui, mais coiffé ainsi, il a fière allure. Mélina lève le pouce pour le féliciter.

Puis, elle embrase une torche.

– Prenons le sentier qui grimpe jusqu'en haut de la falaise, murmure-t-elle. De là, nous verrons si l'île est habitée.

L'un derrière l'autre, ils suivent le sentier jusqu'à une corniche très étroite.

Des morceaux de roche se détachent sous leurs pas et tombent dans la mer. S'ils ne font pas attention, c'est la chute assurée !

Soudain, une ombre surgit dans la nuit.

– Grobec ! crient-ils d'une seule voix, soulagés d'avoir leur ami à leurs côtés.

– En avant moussaillons ! ordonne le perroquet, en se posant sur l'épaule de Mélina.

La corniche s'ouvre sur un tunnel qui s'enfonce dans la falaise. Il y fait aussi noir qu'à l'intérieur d'un fût de canon.

– Je n'entre pas là-dedans, ronchonne Rico.

D'un mouvement de tête, Mélina désigne le chapeau que porte son frère.

– Un vrai pirate ne recule pas devant le danger, affirme-t-elle. En avant !

– En avant ! répète Grobec.

– Vous ferez moins les fiers si vous rencontrez des squelettes ! prévient Rico.

Vexé qu'on ne lui prête pas attention, il emboîte le pas à sa sœur.

Une fuite périlleuse

Mélina et Rico progressent rapidement mais soudain, Mélina s'immobilise.

– Qu'est-ce qui se passe ? s'inquiète Rico.

Mélina ne répond pas. Elle éloigne sa torche de la paroi. Alors qu'il fait noir, la roche brille toujours.

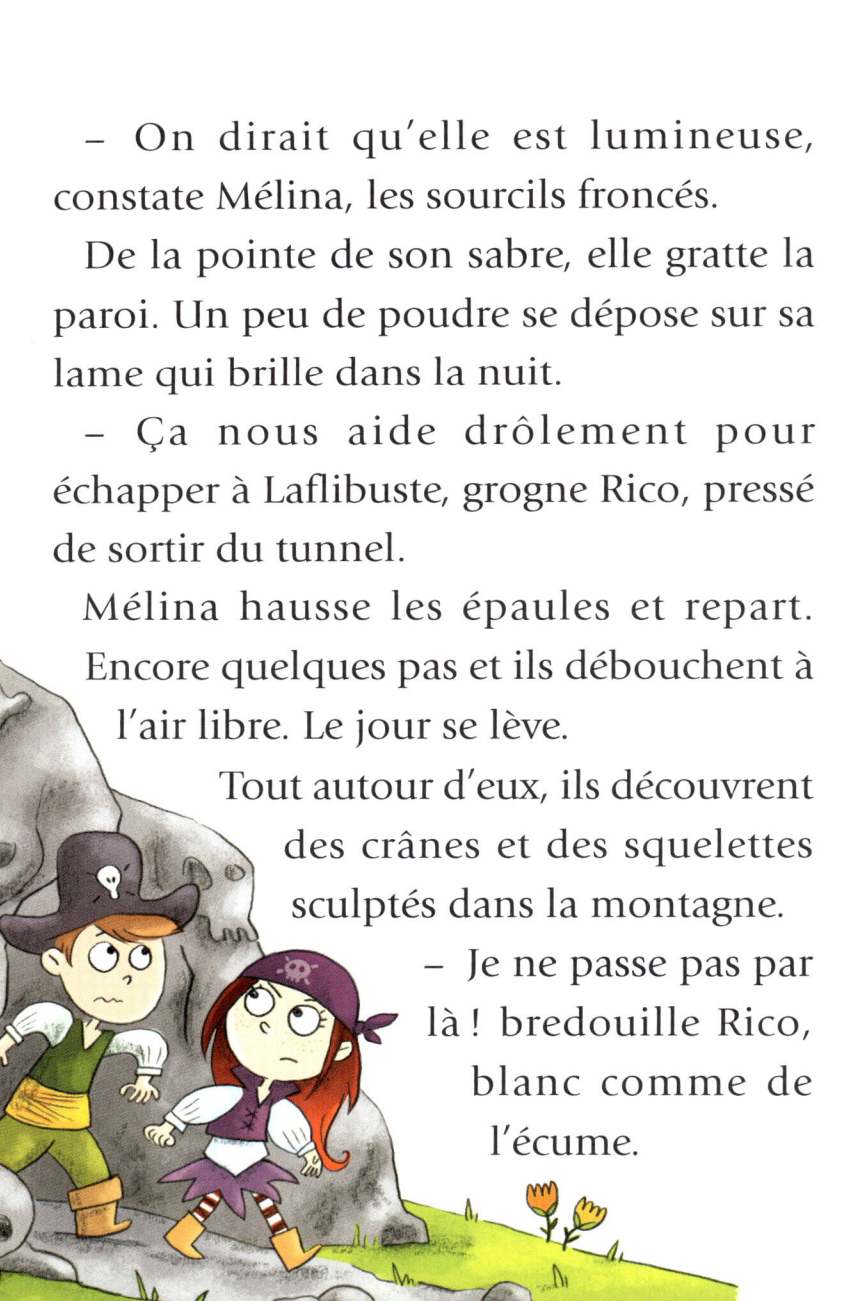

– On dirait qu'elle est lumineuse, constate Mélina, les sourcils froncés.

De la pointe de son sabre, elle gratte la paroi. Un peu de poudre se dépose sur sa lame qui brille dans la nuit.

– Ça nous aide drôlement pour échapper à Laflibuste, grogne Rico, pressé de sortir du tunnel.

Mélina hausse les épaules et repart. Encore quelques pas et ils débouchent à l'air libre. Le jour se lève.

Tout autour d'eux, ils découvrent des crânes et des squelettes sculptés dans la montagne.

– Je ne passe pas par là ! bredouille Rico, blanc comme de l'écume.

– Barre à bâbord toute ! confirme Grobec.

– Bande de peureux ! lance Mélina.

Elle non plus n'est pas très rassurée mais, pour se donner du courage, elle lève son sabre et s'écrie :

– Je suis Mélina la Terrible, fille de Barberousse, petite-fille de Barbenoire et arrière-petite-fille de Barberouge ! Je ne crains pas les squelettes !

Grobec reste prudemment perché sur son épaule et, tandis que Rico jette des coups d'œil apeurés tout autour, ils empruntent le chemin qui serpente entre les montagnes.

Bientôt, ils s'arrêtent. Un coffre à tête de mort est posé au milieu du chemin.

– Le trésor de Croquemoutard ! claironne Rico en se précipitant.

– Ne l'ouvre pas ! crie Mélina.

Trop tard. En soulevant le couvercle, Rico a déclenché un piège. Des pierres dévalent la pente. Mélina a juste le temps de pousser son frère. Un énorme bloc tombe à l'endroit où il se tenait une seconde plus tôt.

– C'était moins une, dit Rico en époussetant son vieux chapeau cabossé.

– Tu es très observateur ! se moque Mélina.

Ils marchent encore un long moment et atteignent une grande plaine où ils découvrent un village.

– Tu crois qu'il est habité ? questionne Rico.

Mélina n'a pas besoin de répondre. Des paysans, armés de fourches, de faux et de vieux tromblons les encerclent.

– Ils n'ont pas l'air de plaisanter, marmonne Rico qui sent ses genoux flageoler.

Un des hommes s'avance vers eux.
– Vous êtes sur un territoire interdit, dit-il d'un ton sévère. Suivez-moi !

Le secret du cap'tain Croquemoutard

Le paysan conduit Rico et Mélina au cœur du village, jusqu'à une grande cabane. À leur arrivée, la porte s'ouvre et une silhouette effrayante se dresse devant eux. Cette longue barbe broussailleuse, ces cheveux en bataille, ces yeux aussi sombres que la nuit…

Barberousse a tellement décrit à ses enfants le cap'tain qu'ils ne peuvent pas se tromper.

– Croquemoutard ! hurlent Rico, Mélina et Grobec d'une seule voix.

– Mille babas au rhum ! râle le vieux pirate. Inutile de crier ! Je ne suis pas sourd !

Un garçon et une fille de l'âge de Mélina et Rico se précipitent hors de la cabane.

– Qu'est-ce qui se passe, papy ? demandent-ils en dévisageant les visiteurs avec curiosité.

Mélina et Rico échangent un regard étonné. Non seulement Croquemoutard est vivant, mais il est grand-père !

– Qui êtes-vous ? leur demande le pirate, l'air féroce. Que venez-vous faire ici ?

– Je suis Mélina, fille de Barberousse !

– Je suis Rico, fils de Barberousse !

– Vous êtes les enfants de Barberousse ? grogne Croquemoutard. C'est un valeureux pirate ! Nous avons partagé quelques barriques de rhum !

Rico et Mélina sont étonnés. Ils ignoraient que leur père connaissait Croquemoutard. Mélina lui tend l'ours et le pendentif.

– Tenez, c'est à vous.

Et c'est au tour de Croquemoutard de ne pas en croire ses yeux.

– Mon ours et mon porte-bonheur ! s'exclame-t-il, visiblement ému. Comment sont-ils tombés entre vos mains ?

– C'est une très longue histoire, prévient Mélina avant de regarder son frère.

– Nous avons été enlevés par Laflibuste, précise Rico. Nous lui avons faussé compagnie et je lui ai chipé son chapeau !

– Mille boulets de canon ! Encore ce vieux gredin ! rugit Croquemoutard, les yeux brillants de colère. C'était mon second, mais je l'ai chassé le jour où il a tenté de voler mon or !

Croquemoutard les fait entrer dans sa cabane. Mélina raconte la découverte du bijou et leur enlèvement. De temps en temps, Rico ajoute un détail.

Puis Croquemoutard relate son histoire :

– J'avais prêté serment de porter ce bijou tant que je serais pirate. Mais un jour, j'en ai eu assez de la piraterie. Je voulais voir grandir Pédro et Lisa, mes petits-enfants.

– Alors vous avez fait croire à votre disparition pour que personne ne vous recherche, complète Mélina.

– Et vous vous êtes séparé du pendentif, conclut Rico.

– Les villageois m'ont fait confiance, ajoute Croquemoutard, et, en échange, j'ai utilisé mon or pour qu'ils ne manquent de rien.

– C'est vous qui avez donné le nom à cette île ? demande Mélina.

Croquemoutard sourit.

– C'était le meilleur moyen d'éloigner les curieux. Mais ce filou de Laflibuste a réussi à retrouver ma trace !

Mélina réfléchit. Soudain, un large sourire se dessine sur son visage.

– J'ai trouvé ! s'écrie-t-elle. Laflibuste et ses hommes vont avoir la peur de leur vie !

La nuit des squelettes

La nuit est presque tombée. Cachés derrière un des rochers sculptés en forme de squelettes, Mélina, Lisa, Rico et Pédro scrutent l'obscurité avec impatience. Laflibuste ne devrait plus tarder.

– Ils ne viendront jamais, souffle Rico.

– Ils ont peut-être rebroussé chemin, chuchote Pédro.

Mais bientôt des lueurs de torches apparaissent.

– Passer au milieu de squelettes, ça porte malheur ! clame Crocodile, qui éclaire les sculptures avec sa torche.

– C'est vrai ! renchérissent les autres pirates. Faisons demi-tour...

– Pas question ! rugit Laflibuste. Nous devons rattraper ces voleurs de chapeau ! Eux seuls connaissent l'endroit où est caché le trésor ! Suivez-moi !

Après un instant d'hésitation, ses hommes lui obéissent. C'est le moment qu'attendait Mélina.

Elle sort de sa cachette, imitée par son frère et les villageois.

Mélina, Rico, Pédro et Lisa ont passé l'après-midi à gratter la roche de la grotte pour recueillir la poudre blanche.

Mélangée à de l'eau, elle fait une merveilleuse peinture avec laquelle ils se sont amusés à dessiner un squelette sur chaque villageois.

À la lueur des torches, l'effet est saisissant ! Grobec est lui aussi de la partie. Le corps lumineux, il volette en poussant des cris d'épouvante.

Mais le plus effrayant, c'est Croquemoutard, dont le visage et les côtes brillent dans la nuit.

– Laaaaflibuste ! crie Mélina. Rejoins-nous !

– Je te rendrai ton chapeau ! s'exclame Rico d'un ton moqueur.

– Mille pépites d'or ! lance Croquemoutard d'une voix caverneuse. Tu seras le gardien de mon trésor !

Laflibuste et ses hommes tremblent comme des vers de terre au bout d'un hameçon.

– Pi… pi… pitié ! implore le pirate. Je suis trop jeune pour mourir !

Puis il s'enfuit comme s'il était poursuivi par un démon, ses hommes sur ses talons. Mélina, Rico, Pédro, Lisa, Croquemoutard et tous les villageois explosent de joie.

– C'était une idée lumineuse ! rigole Pédro, ravi de son jeu de mot.

– Ils ne sont pas près de revenir, assure Lisa.

Soulagée, Mélina respire un grand coup.

Le lendemain, Croquemoutard organise une veillée autour d'un feu de camp. Il raconte ses exploits, sous l'œil admiratif de ses petits-enfants, de Rico et Mélina.

Seul Grobec est absent.

Quand il revient, il clame :

– *L'Audacieux* est en vue !

Le bateau de Barberousse… Grobec a traversé l'océan pour avertir leur père !

– Bravo Grobec ! s'exclame Mélina. Tu es un vrai pirate !

Le départ approche. Pour les récompenser, Croquemoutard offre son ours à Rico et son pendentif à Mélina.

– Nous garderons votre secret, assure Mélina.

– Je compte sur vous, mille barbes à poux ! Vous serez toujours les bienvenus sur l'île aux Squelettes, affirme le pirate.

Puis Mélina et Rico disent au revoir à Pédro et Lisa avant de s'enfoncer dans la forêt.

Bientôt ils aperçoivent l'*Audacieux*, qui a jeté l'ancre à quelques encablures de l'île.

– Qu'est-ce qu'on va raconter à Barberousse ? s'inquiète Rico.

– Nous lui dirons que Laflibuste a rencontré le fantôme de Croquemoutard, répond Mélina. C'est la vérité, non ?

– Rien que la vérité, assure Rico avec un grand sourire.

– Mille têtes de mort ! braille Grobec. Rien que la vérité !

L'auteur

Christophe Miraucourt porte un sabre à la ceinture, un bandeau noir sur l'œil et a un perroquet sur l'épaule.

Il exerce le difficile métier d'*instituteur*. Il explique à ses élèves « qu'écrire, c'est mentir vrai ».

Il adore inventer des histoires... et ses deux enfants adorent quand il leur en raconte.

Achevé d'imprimer en France en février 2010
par l'imprimerie Clerc.
Dépôt légal : mars 2010
N° d'édition : 5116 – 01